21世纪华语诗丛·第二辑

韩庆成 / 主编

星空瞭望塔

李泽慧　著

今天的我与昨天的雨果
一起仰望明天的星
那星不在天上
只是存在于时间的脚印里

知识产权出版社

全国百佳图书出版单位

—北京—

图书在版编目（CIP）数据

星空瞭望塔/李泽慧著. —北京：知识产权出版社，2020. 5
（21 世纪华语诗丛/韩庆成主编. 第二辑）
ISBN 978 - 7 - 5130 - 6843 - 7

Ⅰ. ①星… Ⅱ. ①李… Ⅲ. ①诗集—中国—当代 Ⅳ. ①I227

中国版本图书馆 CIP 数据核字（2020）第 047234 号

责任编辑：兰　涛　　　　　　　　　责任校对：谷　洋
封面设计：博华创意·张冀　　　　　责任印制：刘译文

星空瞭望塔

李泽慧　著

出版发行：**知识产权出版社**有限责任公司	网　址：http：//www. ipph. cn
社　　址：北京市海淀区气象路 50 号院	邮　编：100081
责编电话：010 - 82000860 转 8325	责编邮箱：zhzhang22@ 163. com
发行电话：010 - 82000860 转 8101/8102	发行传真：010 - 82000893/82005070/82000270
印　　刷：三河市国英印务有限公司	经　销：各大网上书店、新华书店及相关专业书店
开　　本：880mm×1230mm　1/32	印　张：5. 25
版　　次：2020 年 5 月第 1 版	印　次：2020 年 5 月第 1 次印刷
字　　数：55 千字	全套定价：198. 00 元
ISBN 978 -7 -5130 -6843 -7	

自信、娴熟与成就

杨四平

21 世纪已经 20 个年头了。在中国文学史家惯常的"十年情结"思维图谱里，21 世纪文学已经跋涉了两个"十年"。这让我想起 20 世纪中国文学"三十年"里的头两个"十年"，那是其发生与发展的两个"十年"。相较而言，21 世纪头两个"十年"却是发展与成熟的两个"十年"，尽管没有出现像 20 世纪头 20 年时空里那么多灿若星辰的文学大家。我想，这也许不是文学文本质量的问题，更不牵涉文学之历史进化观问题，而是其传播与接受的差异问题。再过几百年，在这两个世纪各自的头 20 年，到底是哪一个世纪最终留下来的经典文本多，还是个未知数呢！

回望历史，关注动态，展望未来，百年中国新诗一路走下来，实属不易且可圈可点。20 世纪 80 年代中期之前，在启蒙、革命、抗战、内战、"土改""文革"、改革等外部因素影响下，中国新诗一直在为争取"人民主权"而战，中国新诗的社会学角色、责任担当及诗意书写成就辉煌；之后，在经历短暂之"哗变"以及为争取"诗歌主权"之矫枉过正后，中国新诗在"话语"理论中，找到了内与外、小与大、虚与实之间的"齐物"诗观，创作出了健全而优美的诗篇，同时，也促进了中国新诗在当下之繁荣——外部的热闹和内在的繁荣！显然，这种热闹和繁荣，不仅是现代新媒体诗歌平台日益增长的文化与旅游深入融合导致的诗歌活动之频繁，诗人、诗歌的"自传播"和"他传播"之交替，更是中国新诗在"百年"过后"再出发"的内在发展和逻辑之使然。

当下的诗人，不再纠缠于"问题和主义"，不再困惑于外来之现代性和传统之本土性，不再念念于经典和非经典，而是按照自己的"内心"进行创作，其背后彰显的是当下中国诗人满满的文学自信。

正是有了这份弥足珍贵的新诗自信，使得当下中国诗人在进行创作时能够"闲庭信步笑看花开花落，宠辱不惊冷观云卷云舒"。如此一来，当下诗人就不会徘徊于"为人生而艺术"或"为艺术而艺术"，也不会计较于"为民间而诗歌"或"为知识而诗歌"；进而，他们的创作就会写得十分"放松"，而不会局促不安，更不会松松垮垮。因此，当下，一方面诗人们不热衷于搞什么诗歌运动，也淡然于拉帮结派；另一方面诗评家也难以或者说不屑于像以往那样将其归纳为某种诗歌流派或某种文学思潮。即便有个别诗人仍留恋于那种一哄而上和吵吵闹闹的文学结社，搞文学小圈子，但是那些毫无个性坚持且明显过时的文学运动在新时代大潮中注定只是一些文学泡沫而已。

用文本说话，让文本接受历史检验，纵然"死后成名"或死后成不了名，也无所谓。这已成为当下中国诗人的共识。所以，当下中国诗人专注于诗歌文本之创作，一方面通过内外兼修提升自己的境界，另一方面砥砺自己的诗艺，以期自己的诗歌作品能够浑然天成。伟大作品与伟大作家之间是在黑暗中相互寻找的。有的作家很幸运，彼此找到过一次；而有的作家幸运非凡，彼此找到过两次，像歌德那样，既有前期的《少年维特之烦恼》，又有后期的《浮士德》！所谓机遇，就是可遇而不可求，但"寻找"却要付诸实践、坚持不懈。我始终坚信：量变是质变的基础。这一定律，对文学精品之产生依然有效（前提是"有主脑"的量之积累）。那种天才辈出的浪漫主义时代早已一去不复返了。值得嘉许的是，当下中国诗人始终保持着对新诗创作的定力，在人格修为上，在文本创作上，苦苦进行锤炼，进而使他们的写诗技艺娴熟起来，创作出了为数不少的诗歌佳作，充分显示了 21 世纪初中国新诗不俗的表现及其响当当的成就。

我是在读了本套"21 世纪华语诗丛"后，有感而发，写下以上这些话的。在这十本诗集里，既有班琳丽、夏子、邹晓慧这样已有成就的名诗人，也有李玥、刺桐草原、汪梅珍这样耕耘多年的实力派，还有卡卡、杨祥军这样正在上升期，状态颇佳的生力军，以及蔡英明、李泽慧这两位 90 后、00 后新锐。他们各具特色的作品，使这套诗集内容丰富、异彩纷呈。祝愿我的诗人朋友们永葆自信、精耕细作，在未来的日子里不断给中国新诗奉献出新的精品力作，为中国新诗第二个一百年添砖加瓦、增光添彩！

2020 年 1 月底于上海外国语大学

目　录
CONTENTS

第二辑 时空的礼物

第三辑　寂静在歌唱

第一辑 二十四节气

立 春

绿叶醒了

又不舍再躺下

立春

这"慈祥"的母亲

把叶子揪了起来

逼着它

站得直直的

2019 年 3 月 10 日

雨　水

风悄然递上战书

雨看了

微微一怒

人间

便出现了

一阵又一阵的抱怨

田地里

却迎来了

一波又一波的欢呼

2019 年 3 月 16 日

惊 蛰

舌尖的水分被剥离

暖洋洋的土地

有着火热的心

春雷乍起

春雨来临

送给春天的赞歌

和着雷声

被吟吟传咏

2019 年 3 月 23 日

春　分

这一天

不仅人人平等

白天与黑夜

也签了平等条约

风筝悠然旋起

百花即时睁眼

2019 年 3 月 23 日

清　明

"寒食"气息未褪
"清明"已然到来
欣欣向荣的田野
看彩虹于天空徘徊
白菊轻轻歌唱
等了几度春秋
只为一个有心人
而绽放光明

2019 年 3 月 23 日

谷 雨

桑树吐出新芽的芬芳
土地召唤着饱满的种子
茶香不辞千里来敲门
诉说着春天的故事
鸟儿们组团去北方旅行
白胖的蚕显露本体
五彩缤纷的夏日即将光临

2019 年 3 月 30 日

立 夏

早春的雨水未停

初夏的雾已散开

清新的愿望

随着生长的口号

深深埋入土里

只需几个月

愿望就会破土而出

开出明日的希望之花

2019 年 4 月 20 日

小 满

大地上柔嫩的软毯

在阳光的侵略下

换上了枯装

麦田里的歌

等待收获的日子

初夏的热浪

苦菜一手遮挡

隐居的雨露

开始新的轮回

2019 年 4 月 27 日

芒 种

小剪刀手破壳而出
天生的猎手样
忙种的农民
把麦香洒满山谷
几声鸟鸣又回来了
念情的林妹妹
用泪
葬下了丝丝忧伤
花满天
人不闲

2019 年 7 月 15 日

夏　至

窗外蝉声一浪高过一浪

半夏摇曳着

阳光把热情付出

拥抱大地

久久不肯离去

夜走到昼身边

唤声——

"下班了"

2019 年 7 月 15 日

小　暑

温暖的风吹进了心房

地面开始躁动

荷叶随波轻唱

莲花吐出一丝芬芳

天气的脾性总是无常

让自然好不心凉

只有成长的稻子

似笑非笑地

看着这幕剧

2019 年 7 月 15 日

大　暑

夜空亮起点点萤光

捧着一碗仙草的孩子望着星空

萝卜和白菜又开始争吵

如金的雨水

不容易下凡拜访

太阳

晒干了精神

2019 年 7 月 15 日

立 秋

秋蝉的一生

在幽幽歌声中渐行渐远

昼和夜闹了矛盾

势不两立

就像冰火两重天

七夕牵起的红线

联络了年轻的心愿

慢慢地

莲塘醉于月光下

2019 年 7 月 17 日

处　暑

锐利的鹰眸划破森林的漆黑

庄严的仪式

让可怜的生灵做了牺牲

一切都褪色了

卸下了外衣

秋风顺顺头发

打着旋将云卷入腹中

天也慵懒了

2019 年 7 月 18 日

白 露

《诗经》的悠悠乐声碎入水中

鸿雁追逐着落日

秋已整理好行装

准备出发

甘醇的歌声

酝酿在芦苇丛中

蛱蝶钻入土的清香

温暖了树梢的露

2019 年 7 月 19 日

秋　分

雷去远方一展歌喉

赤道上的阳光在笑

金黄的小麦

在描绘华北风光

螃蟹探出水面的两只眼

好奇地观察着世界

八条腿踏在泥上

深深陷了进去

桂花吐芳

醉了秋日

悟了诗情

2019 年 7 月 19 日

寒 露

争相展颜的菊花

香融入酒里

百花凋零

只是傲菊的背影

月圆时分

甜到心头的月饼

化作缕缕回忆

此刻

万籁俱寂

2019 年 7 月 20 日

霜　降

窗外的雾不见了

窗里的两颗眼睛含着期待

蛰虫颤抖两下触角

编织甜美的梦境

柿子微笑着

回忆起多少年前的秋末

霜花

无声地抚摸大地

2019 年 8 月 14 日

立 冬

荷塘萧瑟

又是另一派风光

桌上热腾腾的快乐

模糊着初雪的冰冷

大蛤和野鸡在对话

渔女顺手采下它们的乐趣

丢向河面

冰裂了

2019 年 8 月 14 日

小　雪

白菜望了一眼地面

就闭上眼

刺骨的冰冷拂过

夹杂着雪的歌声

雪花描绘土地的模样

手

捧不到一丝洁白

因为我们有心

无意

2019 年 8 月 14 日

大　雪

雪吹散了行人

洁白的小兔

只有一对晶亮的眼睛能让人分辨

寒冷中的绿意

被封锁在无情中

农作物在雪后面微笑着

悬在梁上的腊肉

被"喵喵"声卷走

屋外无声

2019 年 8 月 14 日

冬 至

僵硬老迈的溪流
勉强活动着筋骨
茫茫人间
只有刺入骨髓的冰冷
饺子的香味渐渐升腾
幻化出欢声笑语

2019 年 8 月 21 日

小 寒

冰天雪地里

盎然的生机还是存在着

喜鹊笑着

完成了一件艺术品

孩子们等待着

腊八粥的出炉

香气诱惑着傲立的寒梅

2019 年 8 月 21 日

大　寒

鸡窝里

暖洋洋的生命将睁眼

冻住的河流

比天还蓝

年货早已备好

白雪也掩盖不住

家家户户

对芝麻秸的热情

2019 年 8 月 21 日

第二辑　时空的礼物

愿世界和平

和平与动乱
只隔一条线
越过线
无论你是总统、总理
或是友人、名人
都要依"规则"处罚

硝烟弥漫的战场
希望蒙上尘土
水龙头里
流出一只雪白的纯洁的和平鸽
灯光映照
映出和平时的阳光

愿世界和平
保护和平
请各国让具有希望的和平之花
顺利开放

2018 年 10 月 13 日

满天星

多美的名字

满天星

淡蓝小小眼睛

从天上跳下来

跃进花丛

和昆虫打交道

有些小眼睛也掉下来

成了一大束眼睛

于是啊

有了满天星

2018 年 10 月 14 日

谜

人生是场塔罗牌局

命运总是出一些谜

曾经过往

不知回答过多少的谜底

可命运总是摆摆手

终有一天

一个熟悉又陌生的人

来到面前——死神

它悄悄地告诉了你的谜底

你欣喜若狂

而命运

却已无声无息地夺走阳寿

它的理由是：

说出了谜底

谜不会变

它仍然是个谜

2018 年 11 月 4 日

和平的信件

白鸽口衔一封信

施施然

轻飘飘

一封金光万丈的信

上面的邮票是地球

发件人叫和平

收件人叫战争

信里只有四个字——

希望、未来

战争拆开信

羞得满面通红

给自己起了个新名字：

友好

战争改头换面后说：

"愿世无战争

愿世永和平"

2018 年 11 月 9 日

遥望海洋，摘取星空

天的孩子
遥望海洋
他看见海里有一片天空

地的顽童
摘取星空
她看见星星上挂着一湾海洋

海洋装着星空
星空捎着海洋
他们使两个素不相识
年龄相仿的孩子
建起友谊的桥梁

2018 年 11 月 16 日

打　趣

树叶对风说：
"我累了
但我依然健在。"
风打趣道：
"我也老了
我却永不离开。"
树叶是个平民
它听不懂高深的言语
气呼呼地
把风骂了一顿：
"你真不会打趣啊！"

2018 年 11 月 16 日

星空瞭望塔

背着袋子

脚踏薄雾

头发缭绕于耳间

你抬手

把一片云轻轻摘取

又蒙住双眼

从此

有了黑夜

纵使双眼看不见

玉手却灵活翻飞

造出一片星空

你太累了

累得无力行走

便屹立着

用感觉接受自然之信息

你变了

青春不再

你化为一座塔

就坐落在星河边

2018 年 11 月 23 日

流浪的星

妈妈唱着歌谣

星星在摇摆

孩子打哈欠

星星掉了下来

世界睡着了

星星在流浪着

流浪着

流入了星海

2018 年 11 月 30 日

月下洞庭

清澈而静谧
离尘
让人想抹去她的忧伤

她好似一位闺阁少女
水灵灵的眼里透过夜空
折射出月的光芒
倒映出岳阳楼的身影

啊
这冷艳的洞庭
在夜里却柔软温暖
啊
这高贵的洞庭
在夜里却像个孩童
活泼
无虑

2018 年 12 月 29 日

遥望洞庭

我站在岸边

眺望洞庭

她的眼睛和我的重叠

我仿佛望见了

洞庭知音——

刘禹锡

在为洞庭之美咏叹

此时

我也想为洞庭谱一曲

让曲子

沉寂在湖底

2018 年 12 月 30 日

收藏洞庭

我多想

收藏这洞庭

我眺望它

它一望无际

我蹲下

捧了一掌清水

看——

洞庭

已经被我牢牢地

攥在手心

2018 年 12 月 31 日

绿 色

妈妈喜欢绿色

她说绿色护眼

可今天

我给她看了一幅画儿

她觉得

背景绿得暗极了

想拿手电筒

把画变个色

2019 年 1 月 10 日

星空漂流瓶

玻璃瓶里

装载着一抹星

风把瓶吹进银河里

一点光晕

醉了银河

是哪个孩子

拾到这瓶

他会看见瓶里的梦

飞舞在星空

2019 年 1 月 12 日

时空的礼物

回首
取下相框
是谁
在过去微笑

衣襟飘动
活在幻想的人
终会和回忆碰撞

纵然万般请求
时空也绝不会
把岁月收走

2019 年 1 月 15 日

一抹一星空

屋里
窗披上了尘装
纵使星空缭绕
也暗淡无光

一阵风
抹去一把尘
刹那
窗外
绽开了星的花

2019 年 1 月 15 日

冬日雪不语

雪花悠扬地舞着

音乐飘荡在耳际

雪花哑然

却并没有失笑

那抹光芒

是冬日的梦

是不语的静

2019 年 1 月 15 日

窗外的年味儿

紧闭的窗
抵挡了一切气味
却仍然溢出了丝丝
浓浓的年味儿

烟花绽放于空中
火药味覆盖了万物
可年味儿在刹那
便把火药味驱除

母亲带我出门
陪我散步
回家时
我们母女俩
都带回一身的年味儿

2019 年 1 月 31 日

一个迷路的冬天

她
迷路了
找不着去远方的路

她
早早备好了一篮子雪花儿
可惜在迷途中
化了

她
还是赶到了
不过来晚了
她倒下篮子里的东西

哎呀
倒出来的
怎么只有一点儿雪花
其他的
都是雨呀

2019 年 2 月 7 日

记忆故乡

在月亮的相册里
田野已然蒙灰

我漫步在破碎的天空
捧起一汪梦
闻着梦的味道
唤醒了沉睡的故乡

2019 年 2 月 13 日

月夜故乡

星星
捉住了不肯睡觉的梦
看见了不能回家的人

还有一个忧伤的故乡
在月光洗涤下
自悲自泣

2019 年 2 月 13 日

艳绿故乡

在心中
冬天未曾存在过
我可以用心中的温暖
换故乡的常青
换故乡的生机

2019 年 2 月 13 日

不老故乡

我的母亲不会老
我的父亲不会老
被欢声笑语感染的故乡
在我们的期盼下
在我们的希望下
今夜不老
今生不老
今世不老

2019 年 2 月 13 日

元宵精灵

碗里晶莹汤圆

映照月的光芒

它是碗中的月亮

照亮每个人的心房

它是元宵的精灵

穿梭在

一个个充满爱的

大街小巷

2019 年 2 月 18 日

花灯夜

元宵那晚的灯
洋溢着温暖
一个静谧的湖
也被照亮
空气中
激动不觉散开

夜晚
在花灯陪伴下
成了个——
灯谜

2019 年 2 月 18 日

月亮的元宵节

月亮
挂在孤单的天上
云层
掩盖了人间花灯的光芒

月亮难过得哭了起来
人间下起了小雨

很远的地方
一簇烟花璨然绽放
雨停了
月亮笑了
她不再孤独

2019 年 2 月 18 日

多少年以后

多少年以后
天黑得白色都被浸染
人用云笼住天空
扯下来了
一方记忆的乡愁

2019 年 2 月 23 日

怀 乡

我站在天空上
望一方云
看云上
聚的泪珠

望着云下
却是被泪淋湿的
咸咸的故乡

2019 年 3 月 1 日

思 乡

在一片叶子里

载了一汪泉

只要它游得够远

就能看见一个人

在思乡

就像植被盼着雨水

只要叶子继续游

它还能看见

矗立在浓雾中的屋子

在眺望

只要叶子肯回来

它一定能

带回家的信息

2019 年 3 月 1 日

说　时

今天的我与昨天的雨果
一起仰望明天的星
那星不在天上
只是存在于时间的脚印里

2019 年 3 月 16 日

屈原与江

屈原怀着悲愤投了江
江送给世人一片肃静
端午的香浸染了江水
屈原是否也能同我们一起
分享幸福的味道

2019 年 4 月 6 日

端午的月亮

月儿皎洁

用目光洗涤城市

岁月静好

广寒宫的桂香

悠悠传到远方

飘浮在屈原身边

让这位伟大的诗人

寻找到了自己的世界

端午的月亮

不是完美的圆

但她可以用光晕

弥补

2019 年 4 月 6 日

粽香十里

世间没有飘香十里的粽子

却有源远流长的情

情溢端午

随手揪一块情

裹进粽子里

粽子的香

传进了千家万户

温暖

不止十里

2019 年 4 月 7 日

汨罗江和渔舟

梦化作渔舟
悠到了汨罗江
渔舟用手在江水上画圈
数着汨罗江的波纹

江没有笑
她哭了
声音仍旧清脆
因为她是为美好的世界
而醉

2019 年 4 月 7 日

母 爱

夜的光洒满了田野

母亲的目光

煮熟了我

她一笑

我便成了冰块

她给我夹一口菜

我碗里的母爱

多得溢了出来

填充了

整个家庭

2019 年 4 月 14 日

岁月之前

在草长起前
雁已飞走
果实里孕育着灵胞
待来年
成为一段岁月

在那之前
宇宙还没有出生

2019 年 5 月 5 日

曾经的树枝

铅笔的过去
是树枝
现在却流出了色彩
这是因为
它比树枝多了心
多了情

2019 年 5 月 18 日

红领巾

曾经

稚嫩的红领巾

飘扬在我们胸前

如今

红领巾的颜色

更加鲜红

梦想

更加明晰

2019 年 5 月 25 日

我们在成长

绿芽散发着喜悦

我们在回忆

回忆祖国那无法磨灭的过去

尽管过去犹存

未来也在靠近

我们在成长

祖国看着我们成长

伟大的祖国

您的成就影响了多少代人

让我们有奋进的动力

和像您那样的热情

2019 年 5 月 26 日

我们的新广州

历史上有多少名字

寄托于她

我已数不清

但她一处处的变化

不论如何多

我都能将其数清

啊！广州

你何等美丽

我希望你能永葆青春

2019 年 5 月 26 日

香港的麻雀

宁静安详的港湾
几只掠影在徜徉
羽绒点点
旋转
坠落
影落下
穿梭于人山人海间
叼走人的脚印
然后若无其事地
盘旋

2019 年 6 月 23 日

故　人

临别前含深意的一眼

在另一个小巷又揭开迷茫

相对的梦想

此刻交融

熟悉着陌生

花已谢

明年将重绽于九霄

2019 年 7 月 11 日

一捧土

我从地里寻到一捧土
普通得耀眼
细碎的石沙穿梭其中
松动了土中的秘密
阵阵朴实的味道
透过土
渲染了山丘
洗涤了喧闹

2019 年 7 月 28 日

夜与飞机

沉沉的黑

与飞机上的点点灯光

和在了一起

变得浓稠无比

夏的温度

发酵了它们

那味道

可能溢出了太阳系

2019 年 8 月 2 日

礼　仪

礼
人之本
鸟儿若没有蓝天
便无法飞翔
人若没有礼仪
就无法成长
从小约束自我
礼仪无处不在

它在举手投足间
它在三言两语里
它在擦肩而过时
如果我们用心
就能在自己身上
发掘最珍贵的
礼仪

2019 年 9 月 19 日

文　明

两个意义不同的字
竟想组合
表达一个思想
时刻注意啊
不然它可会
狠狠地瞪你一眼

并且
不讲文明
你自己也会
在别人的注视下低头

2019 年 9 月 20 日

家　乡

几分薄雾
迷蒙着一个脚印
即便凛冽的冬
也能印出诗意的倒影

一把米
焖出的清香不再拘束
它肆意地在我脑海中
横冲直撞

晕晕的我
似乎看见了一条蜿蜒的银河
若隐若现
不知通往何方
为何
那般亲切

2019 年 10 月 26 日

种　子

也许

包裹着的生命

是日后的大树参天

又或是

一朵娇美动人的芬芳花朵

但这蜷缩的生命

只有它

才知道自己注定的使命

来生

便如此

2019 年 11 月 9 日

星 星

和太阳
分享着千缕光芒
阳光渗入星星中
纵然地球转了个圈
也总有人
欣赏星星的梦幻

2019 年 11 月 9 日

凉　意

垂落在
仿佛定格的水面上
泼墨般乌黑的云
欲言又止的雨
迟迟不肯流连凡间
是那份春的气息
在这冬日的阳光下
萌发新芽

2019 年 11 月 27 日

女孩望着天

星云并拢在一起
澈如洞庭水
又似女孩的眼睛

她摇晃着两条腿
她念着一首属于她自己的诗
她的声音被风拿走了
做了夜空的头饰

星星一闪一闪

2019 年 11 月 30 日

女孩坐在地上

柔软芬芳的绿色大床
依然有几座土黄色小丘
女孩任凭阳光照亮她
连发丝都闪耀着金芒

女孩把手放在大地上
"怦怦"
那是大地的心跳
听声音
大地还在沉睡着呢

2019 年 11 月 30 日

女孩唱着歌

风车悠悠转动
在那麦香四溢的田野上
女孩一蹦一跳
仿佛张开了双翼

麦浪携着新的丰收愿望
滚滚涌来
淹没了女孩
欢快的歌声

2019 年 11 月 30 日

女孩做着梦

女孩睡得很轻
犹如苞蕾
是那样安静

她的梦想
一定有很多愿望
或喜或悲

一觉醒来
什么都忘啦
自己是谁
也丢在梦里了

2019 年 11 月 30 日

家

是没有形容词匹配的奇妙存在
它总是能
带给我意料之外的情绪

一首歌
从家门外到家门内
轻哼
变成了自由的
高喊

2019 年 12 月 1 日

不负当初

也许

时间是在顽皮中被拉扯完的

也许

长大再看

会忍俊不禁

笑骂当初

但

若没有消磨过自己的珍贵时光

那段快乐的日子

仿佛会缺了点什么

可能

人生是浪费出来的一条路

2019 年 12 月 1 日

成 长

我的全部都在成长
摸不着的灵魂
也在长

明年
年迈的时间老人
会种出好多时间小孩
我就负责和我的时间
一起奔跑在成长的路上

直到
轮到我们种时间

2019 年 12 月 5 日

第三辑 寂静在歌唱

花语之境

听啊
谁在呼唤

花
是花
她们轻轻歌唱
她们翩翩起舞
她们又唱又跳
邀你
来到花语之境

2018 年 10 月 14 日

瑰丽花开

1

瑰丽花绽放

婀娜身姿随风招摇

流水

包含梦想

一点一点散发淡淡的花香

2

那秘境里的花朵啊

为何而悲伤

为何青春年华

一去不复返了

3

瑰丽花开

芳香四溢

她们是一个时间的谜

2018 年 10 月 26 日

心灵之夜

心律动

好似要坠入深渊

心灵之夜

所有的心不再跳动

如同干涸的泉眼

却依然存留

他们不认输

他们就算不跳动

也要用那看不见的手

将夜击破

那便又重新看见万千世界

重新律动

2018 年 11 月 24 日

远走高飞

飞出雄鹰的是峡谷
长出娇花的是山川

被折断翅膀的人
抱怨无法飞翔
他们不知
有些人拖着翅膀前进

磨砺只是小石子
不在意，兴许不会跌倒
在意，便会无比庞大

远走高飞
被折断翅膀的孩子

2018 年 11 月 30 日

梦回听雨廊

午夜
我看见了一条
寂静透着沉闷的长廊
我连连后退

滴答
亦实亦幻的雨滴
滴在了廊檐
滴在了我的心头

刹那
仿佛廊中流转着沧海桑田
凝固的
又有了生命

淡蓝色
围绕着听雨廊

2018 年 12 月 7 日

为自由歌颂

在沉沉黑暗中
闪亮的
是即将破壳而出的翅膀

在坚固的牢笼中
不屈的
是一颗炽热跳动的心脏

飞翔的鸟儿
不只存在于梦想
苍天下
迎接新的蓝天
歌颂——
穿梭于时光的旅行者

2018 年 12 月 14 日

忆往昔

色彩

跃动在无言的老片

一片枫叶

一本日记

一扇通往未来的大门

漫长久远的岁月掌控里

已不记得

忆往昔

回忆的

可只是过往留恋的时光么

只是隐没在花林中

那抹娇俏的淡绿身影

2018 年 12 月 14 日

梦中梦

在晚上
星星从我的梦里飞走
一把虚空
一攒枯枝
是星星的道别礼物

我未曾懂得
我的梦想
已在我用枯枝划破虚空
光明重现的那刻
悄然发芽

2018 年 12 月 28 日

我抬头望天

晚上
我抬头望天

它黑得如茫茫人生那段
没有影子的路
稠得如一碗粥

揭开来
还有一个少女的秘密

2019 年 1 月 13 日

游玩有感

云
淡淡的
隐在雾中

枫叶
羞红了天空的脸
绿水
映出了游人的心

一座亭
不再注视一切
它收回目光
叹了口气
便合上眼

2019 年 1 月 15 日

拾不起过往

时光被打碎
零零散散地落了一地

我走在铺满星光的路上
拾起了梦想
却让过往从指缝里滑过
掉进溪流
与水一同歌唱

2019 年 1 月 19 日

帘的梦

帘
原是一块布
布
变成了一面帘

当帘睡着时
猫便撩起帘
望望它的梦

猫看见了一块布
化作蝴蝶
正随风飞舞
流浪

2019 年 1 月 19 日

动物看人

在追求一些东西
也爱幻想
手里攥着利刃
除了捅别人一刀
还让别人捅我们一刀
可有些人
不但不捅我们
还阻止别人

人
真奇怪

2019 年 1 月 25 日

观　海

细小的浪花
拍打着岸边碎石
碎石
更碎了

不清澈
也不惊心魄
只是一阵阵翻滚的浪花
在拍打碎石

夏天悄然来临
这海啊
就变得波澜壮阔
名声远扬

2019 年 1 月 25 日

团圆梦

梦想
是团聚
团聚
是个难以实现的梦想

什么时候
诺亚方舟才能使这梦想
扬帆起航

2019 年 2 月 8 日

鸟　树

冬日的树
抖落盛装
结出了一只一只小鸟
小鸟们
压得树咯咯直笑

2019 年 2 月 12 日

冬天的黑

阳光收走云朵、笑声
一束萎花扎根大地
透过雪的晶莹
看见了梦幻的风雨
壁炉跳动的明媚
也消失得不留踪影

一个戴帽子的人
把帽子丢了
帽子再也看不见那个人
风雪带来一片黑
何时
黑才能消停

2019 年 2 月 12 日

冰　棱

未消泯的
是个错误
山上的
更是终年不化的大错误

尽管人们对此
赞不绝口

2019 年 2 月 12 日

星夜物语

她伸手
拭去一朵乌云
遮住了她自己
裙摆下藏了多少星星
才将她全身都笼罩光晕

她一抚脸颊
浅浅一笑
那笑容
竟比星星
星星与星星的光
还要璀璨

2019 年 3 月 3 日

游梦卷帘

一个空的白
竟能变成填充物
一些不切实际的
都被塞了进去
却仍旧
安静

纷乱的奇异
便在卷帘外上演
这帘
隔开了喧闹
也隔开了绚丽

2019 年 3 月 3 日

泪雨凄凄

嵌在玉盘上的珍珠

风将它吹下

雾留了痕

结朵白色梨花

珍珠白得透亮

梨花却阖上双眼

因为这样

就看不见悲伤

2019 年 3 月 8 日

镜留翠岭

窗外雪融

春准时赴约

镜啊

怎么偏偏就往外望去

望见了苍松翠岭

碧绿的视野

美丽的镜

为这更美而痴

甘愿

停在这刻

留住这碧绿

2019 年 3 月 8 日

虚空精灵

支离破碎的它们
是没有实体的精灵
游荡人体之间

它们为生存而疯狂
不择手段
制造一片又一片虚幻

人生和灵魂一样
寻找着自己的太阳

2019 年 4 月 13 日

画　魂

阴阳

不等于灵魂

人类拥有不灭的灵魂

却无人敢评价

执笔吧

纵然万水千山凝固在笔尖

具有灵魂的

能让笔成为过去

自己占据画纸

和未来

2019 年 4 月 13 日

梦中的梦

梦中的梦
是真实的地方
是禁果园
是灵魂们一手创造的
虚无世界

纵使那世界再好
也只是宇宙中被遗忘的碎片

2019 年 4 月 13 日

摄　魂

人呆在那儿

瞳光破碎

身体成了一个躯壳

他没了魂

那魂留在

会永远留在

相片里

记忆里

梦里

世界中

独独不会回到他身上

因为他丢了灵魂

别人摄走了他的魂

2019 年 4 月 14 日

唤醒夜

墨

洒了云朵一身

云朵一生气

效仿古堡里的睡美人

沉沉入梦

夜被传染了

没人为它叫医生

它只能囚禁在破碎中

等待雄鸡破晓

这场愚不可及的游戏

才能算真正结束

唤醒夜的

是它自己的觉悟

2019 年 4 月 20 日

灯下尘

不起涟漪的光线
直直地站着
它的眼睛
却不安分地转来转去

尘本沾染俗气
可它不能阻挡灯的注视
那如水的目光
将尘洗了个干净

2019 年 4 月 27 日

清沙流水

你有没有见过沙
晶莹的沙粒
折射骄傲的光芒
阳光包裹着它

雨下起来了
沙透亮
一下子破了
小小的沙粒
斯文地泛起泪花

2019 年 5 月 5 日

光　影

透过树枝
闪亮的光刺进我的眼
在另一面
它的影子被涂掉
站在树下
却淋着似火骄阳
熟透了

2019 年 5 月 5 日

铜铁伞

它没和雨点说过话

草与花

都忘了在雨天怒放的光芒

它与雨点

绝缘

永不相见

在被彻底忘记时

它仍然

没和雨点有交集

2019 年 5 月 5 日

寻江意

江的唇畔

泛起一丝笑意

走在长堤上

蒙蒙水汽覆了诗意

隐约间

江心，一只水鸟

扯起一朵浪花

醉了天空

2019 年 5 月 11 日

来生，不做人

云是飘荡于晴空的幻
它从前就不存在
花是有灵气的色彩
它一直迎着阳光微笑

人回首
却是繁忙劳作的背影
愿来生
不做人
做惑乱江山的艳色

2019 年 5 月 11 日

带阳光上学

车窗在漠视着世界

突然，阳光猝不及防地

蹭了上去

与车窗紧紧拥抱

车窗渐渐变得暖和起来

上学路上

多了一抹光彩

很多时候

它躲在课本里

呼呼睡去

2019 年 5 月 18 日

黑　暗

夜色黑沉沉的
忽地
一束尖锐的光
划破了黑幕
淡淡的希望流了出来
顷刻
天亮了

2019 年 5 月 25 日

草　原

一望无际的碧绿的海洋

在微风的吹拂下

漾起清波

白色的云朵在海洋上

微微飘荡

草原的歌声

淡淡地冲刷了

烦恼和疲惫

2019 年 5 月 25 日

这世界

我什么都看不见
漆黑一片
是哪片云雾
遮住了我的双眼
绿草红花
竟被萧瑟秋风替代
我的泪
也洗不清
令人抿唇不语的
沉默

2019 年 6 月 1 日

寂静在歌唱

梦中若隐若现的光

屏退了尘埃

大地上挂着未散的雾

无声地保持

幽幽歌声传唤千年前的故事

又寂静了

溪水上漂着梦想

沉沉地一同睡去

2019 年 7 月 8 日

飞跃千年

一生坎坷

却能在黑暗中点亮花朵

燃烧的初心

不知能持续多久

人总会分合

从一所小学走出

最后各有所属

纵然心中万般感慨

也是一抹清泪

滑落入腹

我飞跃了千年

瞥见了

那永远明亮的烟火

2019 年 7 月 10 日

穿过雾的手

因为雾的沉重

眼睛已不愿多探究

划过石板路的脚印

淡淡消失

雾曳出一面墙

高大沉重

一双素手

洒满了未知的鼓励

捉住了雾

找到了方向

2019 年 7 月 10 日

难送沧桑

岁月把美好的记忆送给历史

小溪流动

人未散

我心亦然淡淡

时间镌刻在滩上的铭文

如何抹去

依稀记起从前笑颜

未准备好的梦

已冲破拘禁

2019 年 7 月 11 日

木屋里

火光在黑暗中冰冷

摇椅上的毛毯怀抱一半温暖

雪花纷纷溜进壁炉里

它们太冷了

却在余温下渐渐化开

是谁

将火焰捡回来

屋内的明亮仿佛从未消失过

衬着屋子里飞扬的雪花

屋外只有狂风

屋内只有寂静

雪花，终究是看不见了

2019 年 8 月 7 日

两个灵魂

远隔千里啊

同根的灵魂

故乡的水土捏造了你们

难以相见的归属

断了灵魂的梦

一遍一遍

也唤不回来了

可它们终究会踏遍万水千山

在遗忘对方之前擦肩而过

又加深记忆

开始一段新旅程

两个灵魂在飘荡

但并不孤单

2019 年 8 月 9 日

另一街

安静着

被雨点封印的声音

它注意不到头上的阴沉

它只闷闷

水花擦亮它的眼眸

却不知

碎裂了它的脚印

安静着

泥沙磨蹭着

转入另一街

黑暗与孤独

只好用银针

将灯光缝进去

永远

锁住

2019 年 8 月 22 日

自　述

活泼的孑然一身
无人欣赏的另一面
渐渐覆上灰尘
喷点雾吧
抹去那不该的混浊

在夜晚
不愿点灯
黑如潮水般
让我难以呼吸
一束火光亮起
燃烧了我的心

我不喜欢黑暗
但我仍旧执着地喜欢
在黑暗中
点上一盏灯

2019 年 8 月 22 日

草　叶

仲夏抖动着长而浓密的睫毛
露珠便有了归属
那不过是万绿中的一片
仍旧焕发生命的色彩
少了它
大概土地是感觉不到的
露珠却知道
它少了一个温暖的家

2019 年 8 月 23 日

幽 径

落叶

这位称职的裁缝

在一场秋雨过后

设计了一条华美的长裙

一双双鞋踏过

喧闹吞吃着沉寂

又一场秋雨

几声鸟鸣

一把伞一双雨鞋

徘徊在小径的尽头

"沙沙"

她还在那儿

不过没了声息

2019 年 8 月 23 日

羽　毛

在地上
和落叶融为一体

2019 年 9 月 8 日

风　向

四个大风向
把欲倒的精神
扶起
在飘零的碎片之中
忘记了要去哪里
干脆就种在地里

来年
长出许多美梦
被天使采摘
戴在头上

闭上眼
那扶起的精神
请再次倒下
做一床被褥吧

2019 年 9 月 8 日

未 雨

入秋
阳光描摹着露水
似柔抚过
暖暖地折射着虫鸣
万里无云
湖也透不出天的秘密
像往常一样
伞
只是同烈日做斗争

2019 年 9 月 30 日

思

看着秒表的变革
只听见眨眼声
不知转身后的路
为这一刻
支离破碎

什么时候
分崩离析的现实被拼凑
不得不接受
思
沉沉过的思
所支付的
分秒

2019 年 10 月 11 日

她

温暖如阳光

照亮了我

心房里似有种子

在迅速成长

无法割舍的笑容

互相依存的背影

从未敢忘

若她像被遗弃的相片一样离开

我会在心中抹去一个

不为人知的秘密

2019 年 10 月 19 日

他

道路尽头

一群人影在飘浮

没有我

我就看着

崇拜

或者是痴迷着

可能的他

幻想可以破灭

不存在的

却充满无限期待

2019 年 10 月 19 日

温柔记忆

缱绻在梦里的暖阳

化开了一阵阵歌谣

音符四散开来

如花笑靥

定格在我手中

被尘封的记忆

在滚滚尘烟中

回头

看了谁一眼

再也来不及

告别

2019 年 10 月 26 日

同过往

未曾领悟
天空中闪烁的轻笑
谁
抚摸着大地
黄土上
即刻多了几点新绿

那缅怀过去的人啊
究竟是叹息
还是为自己的过去
进行一场盛大的
祭奠

2019 年 10 月 26 日

也曾无助过

寒风刺骨

呼啸声引起了哪个地方的共鸣

从来不觉得

划过面庞的懦弱

是一道深深的吻痕

刻下了印记

抹干了痛

只有层层虚空中那抹悸动

那抹孤独那抹妄想

才是真实的生命

2019 年 10 月 26 日

花遍小径

淡淡的
碎裂而鲜艳的花瓣
沾上行人的衣角
幽深之处
一缕谜拂过扁平的石板
不留气息
只剩回忆

2019 年 10 月 26 日

衣　角

尘土

紧紧抓住那片明黄

拐过街角后

阴影中的凉意

不知被谁一点点捡起

任这份趣味

滑过指尖

在衣角带过的风中

彻底飘散

2019 年 11 月 29 日

拈　花

其实吧
一双迷路的鞋
是永远回不了家门的
因为它能看见
十二月的霜花

迷醉了
傍着斜阳赤色的素手
轻轻地染红了
枝头的玉兰

2019 年 11 月 29 日

轻　笑

无声地勾起唇
眸里的月光仿佛流水般
淌入落日里
黄昏被模糊了

银铃摇响在小巷
女孩扯着一抹清风
匆匆跑下台阶
她的面庞拂过暖阳

"叮叮当当"
消失在巷口

2019 年 11 月 29 日

午　后

花茶清香渐渐被淡忘

几声燥热的鸟鸣

逗引着冬风

没有温度的阳光

依然给予植株生命力

睡着的

不过是一方梦

唯茶杯旁静止的落叶

还盛放着流动的时间

2019 年 11 月 29 日

余　烟

香薰静立在那儿
吐出一口气
似感慨
似哀叹

一幕柔情岁月
在上升的白烟中
轻轻消磨掉

2019 年 12 月 1 日

烛　光

轻柔地

温暖着自己的心

我呆呆地凝望着它

触摸到了它的躯干

凉凉的

却能感受到那热忱的心

跃动

永远不会止息

它永远用微弱的光

照着世界

照得很亮很亮

2019 年 12 月 2 日

撕日历时

父亲毫不留情
整齐撕下一页纸
那纸
现下已没什么用

我望着那一大本
愈来愈薄的日历
发现
原来父亲撕日历的时候
从未对已逝的时光
有一丝留恋

2019 年 12 月 3 日

从　心

人尚未读懂自己
连同那颗炽热的心

春风在大地上赤脚奔跑
心在深深附和
它也想坐在春风上
嗅嗅大地的味道

可是心没有脚
因为它是彻底属于人的
但它有灵魂
我们就应该尊重这份愿望

2019 年 12 月 4 日

黄昏斜阳

影子

在披金的树木下拉长

石板路模糊地反射阳光

含苞的绿丛

随着脚步声摇晃

斜阳

仿佛被扯成一条线

只存在于天边

最后的朦胧

2019 年 12 月 8 日